U0008698

1.本書的使用方法

STEP-1

請先找個看起來和藹可親、面容慈祥的韓國人，然後開口向對方說：

> 對不起！打擾一下！
> 실례합니다.

STEP-2

出示下列這一行字請對方過目，並請對方指出下列三個選項，回答是否願意協助「指談」。

> 這是指談的會話書，如果您方便的話，是否能請您使用本書和我對談？不會耽誤您很久。
>
> 이 책은 손으로 가리키는 방식으로 대화를 나누는 회화책입니다. 괜찮으시다면 이 책을 사용하여 저와 대화를 나누시겠습니까? 오래 걸리지 않을 겁니다.

> 好的！沒問題。
> 예, 좋습니다.

> 不太方便！
> 안 되겠는데요.

> 很抱歉，我沒時間。
> 미안하지만 지금 시간이 없는데요.

STEP-3

如果對方答應的話（也就是指著"예, 좋습니다."）請馬上出示下列圖文，並使用本書開始進行對話。
若對方拒絕的話，請另外尋找願意協助指談的對象。

> 非常感謝！現在讓我們開始吧！
> 정말 감사합니다. 그럼 시작하지요.

2.版面介紹

① 本書收錄有十個單元四十個主題，並以色塊的方式做出索引列於書之二側；讓使用者能夠依顏色快速找到你想要的單元。

可樂
콜라

番茄
토마토

② 每一個單元皆有不同的問句，搭配不同的回答單字，讓使用者與協助者可以用手指的方式溝通與交談，全書約有超過150個會話例句與2000個可供使用的常用單字。

出口
출구

→P.60

兌幣處
환전하는 곳

③ 在單字與例句的欄框內，所出現的頁碼為與此單字或是例句相關的單元，可以方便快速查詢使用。

④ 當你看到左側出現的符號與空格時，是為了方便使用者與協助者進行筆談溝通或是做為標註記錄之用。

電視
텔레비전

★ 韓國電壓為220，若帶
★ 台灣打電話到韓國為
號碼(去0) - 電話號

⑤ 在最下方處，有一註解說明與此單元相關之旅遊資訊，方便使用者參考之用。

⑥ 最後一個單元為常用字詞，放置有最常被使用的字詞，讓使用者參考使用之。　　　　　　　P.86

1.常用字詞

想~~
~~고 싶어요.

我住在 _____
저는

地址是 _____
주소는

⑦ 隨書附有通訊錄的記錄欄，讓使用者可以方便記錄同行者之資料，以利於日後聯絡。　　P.92

⑧ 隨書附有＜旅行攜帶物品備忘錄＞，讓使用者可以提醒自己出國所需之物品。　　　　　P.93

重要度
護照（要影
簽證（有的國
飛機票（要影
現金（零錢也
信用卡

3.韓文子音與母音表

1. 子音

ㄱ	ㄴ	ㄷ	ㄹ	ㅁ	ㅂ	ㅅ
g	n	d	l	m	b	s

ㅇ	ㅈ	ㅊ	ㅋ	ㅌ	ㅍ	ㅎ
不發音	z	ch	k	t	p	h

2. 母音

ㅏ	ㅑ	ㅓ	ㅕ	ㅗ
a	ya	ə	yə	o

ㅛ	ㅜ	ㅠ	ㅡ	ㅣ
yo	wu	u	ɨ	i

作者序

　　東方禮儀之國、單一民族、白衣民族、四季分明、有自己的語言文字、充滿人情味⋯⋯，這些對於我的故鄉韓國的描述，都是我自幼耳熟能詳、朗朗上口的，在我離開祖國以前，每每聽到這些描述，便不免嗤之以鼻；心想，每個國家不都一樣，這算是哪門子的特色呢？等到我離鄉背井，負笈來台求學後，才真正深刻體會到祖國的美，也真正有了身為韓國人的驕傲。

　　最近台灣正大吹韓流風，韓國偶像劇、流行歌曲、韓製成衣、各種品牌、卡通人物大行其道。熱衷於韓國大眾文化的台灣人越來越多，甚至足以形成哈韓一族。身為韓國人的我實在感到欣喜，因此希望能藉由推出這本書，讓所有到韓國旅行的人，都能痛快暢行，不因語言之隔閡心裡畏懼而卻步，或減低了旅行的意趣，更進一步接觸具有獨特風貌的韓國傳統文化、充滿人情味的街坊巷弄、隨著四季更迭變化的美麗景色、映入眼簾的奇特文字等等。

　　收好行囊之後，又怕語言不通是嗎？別怕。帶著這本書去韓國就萬事OK了！您可以用這本書交些韓國朋友，與他們交談，只不過不是用「口」，而是用您那萬能的「手指」。

　　「韓國」是一個應有盡有的國家。我希望喜愛韓國的您帶著這本書，大方地秀出您的手指，以輕鬆愉快的心情，暢遊韓國，留下您的足跡。我竭誠地歡迎大家到韓國一遊！

金美順

3.常用的問候語

안녕하세요?

先生（稱呼已婚或未婚男性/老闆） 아저씨
太太（稱呼已婚女性/老闆娘） 아주머니
小姐（稱呼未婚女性） 아가씨

 你好
안녕하세요

★韓文無分早安、午安、晚安，皆用同一句問候語「你好 안녕하세요」

晚安（臨睡前的問候語） 안녕히 주무세요.	再見（針對留在原地的人） 안녕히 계세요.
再見/請慢走（針對要離開的人） 안녕히 가세요.	初次見面 처음 뵙겠습니다.
幸會幸會 만나서 반갑습니다.	請多多指教 잘 부탁드립니다.
謝謝 감사합니다.	不客氣 아니에요.
對不起 미안합니다.	沒關係 괜찮아요.

恭喜 축하합니다.	生日快樂 생일 축하합니다.	加油（鼓勵他人的用語） 화이팅.
我要開動了（吃飯前） 잘 먹겠습니다.		我吃飽了（吃完後） 잘 먹었습니다.
請問（詢問時的用語） 말씀 좀 묻겠는데요.	是的（回答時） 예	不是（回答時） 아니오.
我的韓文不太好 저는 한국말을 잘 못해요.	請寫在這兒 여기에 써 주세요.	
請您畫地圖 약도 좀 그려 주세요.		

c o n t e n t s

單元二 從機場到旅館

1.機場詢問

機場內標誌	入境審查 입국 심사	入境登記表 입국 신고서
韓國人 한국인	外國人 외국인	出境登記表 출국 신고서

行李領取 수하물 수취	遺失行李 분실 수하물	大型行李 대형 수하물	免稅 면세
動植物檢疫 동식물 검역	海關審查 세관 검사		機場稅 공항 이용료

機場詢問	請問您 말씀 좀 묻겠습니다.	謝謝 감사합니다.
~~在哪裡？ ~~어디입니까?		請您用手指出來 손으로 가리켜 주세요.

洗手間 화장실	出口 출구	入口 입구
入境 입국	出境 출국	過境 환승
兌幣處 →P.60 환전하는 곳	銀行 은행 →P.60	免稅商店 면세점 →P.60
詢問處 안내	機場公車站 공항버스 정류장 →P.38	計程車招呼站 택시 타는 곳 →P.38
捷運站 지하철 역	金浦機場 김포공항	仁川國際機場 인천 국제공항

到~~要搭幾號機場公車？
~~까지 가려고 하는데 몇 번 공항버스를 타야 되나요?

在哪裡搭乘？
어디에서 타야 하나요?

請您寫這兒。
여기에 써 주세요.

★ 機場公車（到漢城）有601號～605號公車，上車前購買車票或上車後付現金皆可。

2.今晚打算住哪裡？

請問還有房間嗎？ 빈방있습니까?	客滿。 빈방없는데요.

在台灣就已經預約了旅館。
대만에서 이미 방을 예약했는데요.

我要住~~天。　→P.60 ~~일 묵으려고 합니다.	請問住宿費一天多少錢？　→P.60 숙비가 하루에 얼마입니까?
這有包括稅金跟服務費嗎？ 세금과 팁도 포함되어 있습니까?	現在就可以Check in嗎？ 지금 체크인 됩니까?
退房時間是幾點？　→P.61 몇 시까지 체크아웃해야 합니까?	請給我收據。 영수증 끊어 주세요.

旅社（廉價位） 여인숙	旅館（中價位） 여관	飯店（高價位） 호텔

給我~~ ~~으로 주세요.	視野好的房間 전망 좋은 방	安靜的房間 조용한 방
有床的房間 침대방	沒有床的房間（有韓國式暖氣設備） 온돌방	

單人房 싱글룸	雙人房（一張雙人床） 더블룸	雙人房（兩張單人床） 트윈룸

~~在哪裡? ~~어디에 있습니까?		櫃檯 안내	緊急出口 비상구
餐廳 식당	電梯 엘레베이터	廁所 화장실	大廳 로비

★ 韓國電壓為220V（伏特），若自行攜帶電器時，要調為220V，不然電器會燒壞。

這裡的地址?	這裡的電話號碼?
여기 주소가 어떻게 됩니까?	여기 전화번호가 어떻게 됩니까?

3.住宿常見問題

我要再多住一天。	請幫我換房間。
하루 더 묵고 싶습니다.	방을 바꾸고 싶습니다.

房間裡沒有~~。	請給我~~	您要自行購買。
방 안에 ~~ 없습니다.	~~주세요.	구입하셔야 합니다.

肥皂	毛巾	浴巾	牙刷	牙膏	洗髮精
비누	수건	목욕 타월	칫솔	치약	샴푸

潤絲精	吹風機	免洗刮鬍刀	枕頭	被子
린스	헤어 드라이기	1회용 면도기	베개	이불

早上請在~~點叫我起床。
~~시에 모닝콜 부탁합니다.

請您過來看看	這個鎖壞了。	壞了、故障了。
와 보세요.	문이 안 잠겨요.	~~ 고장났어요.

我（不小心）把鑰匙忘在房間裡了。	沒有熱水。
열쇠를 방에 놓고 나왔어요.	뜨거운 물이 안 나와요.

浴缸的塞子塞不緊。	我要換房間。
욕조 마개가 잘 안 끼워져요.	방을 바꿔 주세요

電視	馬桶	冷氣機	暖氣機
텔레비젼	변기	에어콘	히터

★台灣打電話到韓國為002 - 82 - 區域碼(去0) - 電話號碼；而從韓國打電話到台灣則為001 - 886 - 區域號碼(去0) - 電話號碼。

單元三 料理飲食

1.韓式餐廳

韓式餐廳

西餐廳

中華料理店

速食店

小吃店

咖啡廳

啤酒屋

調味醬料

水果店

請給我菜單。 메뉴판 좀 주세요.	請給我~~ ~~주세요.
請給我和那個相同的菜~~ 저것과 같은 것으로 주세요.	請包起來。 포장해 주세요.
這菜叫做什麼？ 이 음식 이름이 뭐예요?	請寫在這裡。 여기에 써 주세요.
買單！ 계산해 주세요.	多少錢？ ~~元 （ ）원
已經含稅及服務費了嗎？ 세금과 팁이 포함되어 있나요?	可以用信用卡付費嗎？ 신용카드 사용해도 되나요?

→P.60

韓食 한식	牛肉 쇠고기	烤牛肉片 불고기
碳烤排骨（牛排骨） 숯불갈비 (소갈비)	牛里脊 생등심	生牛肉片 육회
牛排骨湯 갈비탕	燉牛肉湯 곰탕	燉牛雜湯 설렁탕

★ 在韓國的餐廳及咖啡廳很少收服務費，遊客通常不需要另外再付稅金及服務費。

| 雞肉
닭고기 | 烤雞排骨
닭갈비 | 人參雞湯
삼계탕 | | 香肉
보신탕 |

豬肉 돼지고기	五花肉 삼겹살	豬肉辣味湯【辣】 육개장
碳烤排骨（豬排骨） 숯불갈비 (돼지갈비)		馬鈴薯豬骨湯【辣】 감자탕

海鮮 해물	烤黃魚 조기구이	烤青花魚 고등어구이
炒魷魚【辣】 오징어볶음	拌魷魚【辣】 오징어무침	海鮮煎餅 해물전
（螃蟹、魷魚、蝦子等）海鮮湯【辣】 해물탕		泥鰍湯【辣】 추어탕

冷麵 냉면	湯冷麵 물냉면	拌冷麵【辣】 비빔냉면	蔬菜煎餅 야채전
雜菜拌飯【辣】 비빔밥		石鍋拌飯【辣】 돌솥비빔밥	泡菜鍋【辣】 김치찌개
豆腐鍋【辣】 순두부찌개		部隊鍋【辣】 부대찌개	味噌鍋 된장찌개

韓式餐廳
西餐廳
中華料理店
速食店
小吃店
咖啡廳
啤酒屋
調味醬料
水果店

★ 在韓式餐廳，若遊客點主菜，餐廳一般都會附送一些免費小菜，若客人吃完了小菜，還可以再叫，也是免費的。

單元三 料理飲食

韓式餐廳

西餐廳

中華料理店

速食店

小吃店

咖啡廳

啤酒屋

調味醬料

水果店

請給我~~
~~주세요.

泡菜【辣】 김치	白菜泡菜【辣】 배추김치	小蘿蔔泡菜【辣】 열무김치	
小黃瓜泡菜【辣】 오이김치	蔥泡菜【辣】 파김치	蘿蔔丁泡菜【辣】 깍두기	水泡菜 물김치

涼拌菜 나물무침	拌黃豆芽 콩나물무침	拌綠豆芽 숙주나물무침	
拌蕨菜 고사리무침	拌桔梗 도라지무침	蔥涼拌【辣】 파무침	拌蘿蔔絲 무채

生菜 상추	芝麻葉 깻잎	辣椒 고추	白飯 공기밥	水 물

面紙 티슈	濕巾 물수건	湯匙 숟가락
筷子 젓가락	杯子 컵	碟子 접시
牙籤 이쑤시개	糖果 사탕	口香糖 껌

2.西餐廳

請給我菜單。 메뉴판 좀 주세요.	請給我~~ ~~주세요.
請給我和那個相同的菜~~ 저것과 같은 것으로 주세요.	
買單！ 계산해 주세요.	多少錢？　→P.60 ~~元　（　）원
已經含稅及服務費了嗎？ 세금과 팁이 포함되어 있나요?	可以用信用카드 사용해도 되나요?

西餐
양식

定食 정식	牛排 스테이크
炸豬排 돈까스	炸魚排 생선까스
魷魚燴飯 오징어덮밥	炒飯 볶음밥

★ 雖然台灣也有西餐廳，但味道方面有所不同。若您喜歡一次吃多種不同菜餚，作者建議遊客點看看菜單中的「定食」，可以吃到兩三種不同的菜餚。

韓式餐廳
西餐廳
中華料理店
速食店
小吃店
咖啡廳
啤酒屋
調味醬料
水果店

3.中華料理店

韓式餐廳

西餐廳

中華料理店

速食店

小吃店

咖啡廳

啤酒屋

調味醬料

水果店

請給我菜單。 메뉴판 좀 주세요.	請給我~~ ~~주세요.
請給我和那個相同的菜~~ 저것과 같은 것으로 주세요.	
買單！ 계산해 주세요.	多少錢？　→P.60 ~~元　（　）원
已經含稅及服務費了嗎？ 세금과 팁이 포함되어 있나요?	可以用信用卡付費嗎？ 신용카드 사용해도 되나요?

中華料理
중화요리

炸醬麵 짜장면		炒馬麵【辣】 짬뽕	
	糖醋肉 탕수육		醃蘿蔔 단무지
洋蔥 양파		炸醬 짜장	

★ 作者建議遊客吃看看韓國的「炸醬麵」，與台灣的「炸醬麵」大大不同。

4.速食店

請給我~~ ~~주세요.	請給我和那個相同的菜~~ 저것과 같은 것으로 주세요.	
請包起來 포장해 주세요.	買單！ 계산해 주세요.	多少錢？ ~~元 ( )원

速食店 패스트후드점	儂特利 롯데리아	麥當勞 맥도날드
漢堡王 버거킹	溫蒂 웬디스	必勝客 피자헛

~~漢堡 ~~햄버거	起司 치즈	烤牛肉 불고기

薯條 후렌치 포테이토	~~冰淇淋 ~~아이스크림	~~奶昔 ~~쉐이크
香草 바닐라	草莓 딸기	巧克力 초코

~~披薩 ~~피자	烤牛肉 불고기	綜合 콤비네이션

義大利麵 스파게티	沙拉 샐러드

韓式餐廳
西餐廳
中華料理店
速食店
小吃店
咖啡廳
啤酒屋
調味醬料
水果店

17

麵館/小吃店 분식집	路邊攤 포장마차

請給我菜單。 메뉴판 좀 주세요.	請給我~~ ~~주세요.
請給我和那個相同的菜~~ 저것과 같은 것으로 주세요.	請包起來。 포장해 주세요.
買單！ 계산해 주세요.	多少錢？ →P.60 ~~元 （ ）원
已經含稅及服務費了嗎？ 세금과 팁이 포함되어 있나요?	可以用信用卡付費嗎？ 신용카드 사용해도 되나요?

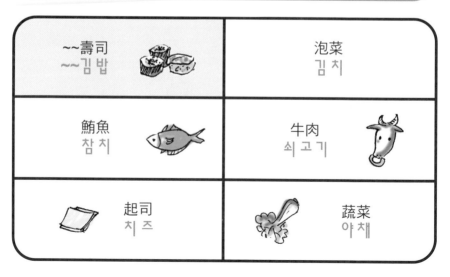

~~壽司 ~~김밥	泡菜 김치
鮪魚 참치	牛肉 쇠고기
起司 치즈	蔬菜 야채

單元三 料理飲食

韓式餐廳
西餐廳
中華料理店
速食店
小吃店
咖啡廳
啤酒屋
調味醬料
水果店

炒飯 볶음밥	蛋包飯 오무라이스	咖哩飯 카레라이스
魷魚燴飯 오징어덮밥	蘑菇燴飯 버섯덮밥	刀切麵 칼국수

烏龍麵 우동	QQ麵【辣】 쫄면	泡麵/拉麵 라면	雜菜冬粉 잡채
麵疙瘩 수제비	炒年糕【辣】 떡볶이	炒拉麵【辣】 라볶기	年糕串【辣】 떡꼬치

餃子（水餃、蒸餃、煎餃、湯餃） 만두 (물만두, 찐만두, 군만두, 만두국)	煎餅 전

炸的東西 튀김	黑輪 오뎅	糖醋雞肉串 닭강정

豬腳 족발	豬頭肉 돼지머리
炒大腸【辣】 곱창볶음	冬粉大腸 순대	炒冬粉大腸【辣】 순대볶음

韓式餐廳

西餐廳

中華料理店

速食店

小吃店

咖啡廳

啤酒屋

調味醬料

水果店

6.咖啡廳

韓式餐廳

西餐廳

中華料理店

速食店

小吃店

咖啡廳

啤酒屋

調味醬料

水果店

咖啡廳 커피숍	傳統茶房 전통찻집

請給我菜單。 메뉴판 좀 주세요.	請給我~~ ~~주세요.
請給我和那個相同的菜~~ 저것과 같은 것으로 주세요.	請包起來。 포장해 주세요.
買單！ 계산해 주세요.	多少錢？ ~~元 （ ）원
已經含稅及服務費了嗎？ 세금과 팁이 포함되어 있나요?	可以用信用卡付費嗎？ 신용카드 사용해도 되나요?

→P.60

熱飲料 따뜻한 음료	熱開水 따뜻한 물	熱紅茶 홍차
熱綠茶 녹차	熱咖啡 커피	可可亞 코코아	人參茶 인삼차
柚子茶 유자차	薑茶 생강차	棗子茶 대추차

20

冰飲料 찬 음료	冰開水 얼음물	礦泉水 생수
鮮奶 우유	七喜汽水 사이다	可樂 콜라

~~果汁 ~~쥬스	柳橙 오렌지	蘋果 사과	番茄 토마토

冰咖啡 아이스커피	冰紅茶 아이스티	奶茶 밀크티
檸檬蘇打 레몬레이드	紅豆冰 팥빙수	冰淇淋 아이스크림

請放~~
~~넣어 주세요.

請不要放~~
~~넣지 마세요.

糖 설탕	奶精 프림	冰塊 얼음

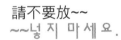

韓式餐廳

西餐廳

中華料理店

速食店

小吃店

咖啡廳

啤酒屋

調味醬料

水果店

單元三 料理飲食

韓式餐廳

西餐廳

中華料理店

速食店

小吃店

咖啡廳

啤酒屋

調味醬料

水果店

啤酒屋 호프집	燒酒屋 소주방	路邊攤 포장마차

請給我菜單。 메뉴판 좀 주세요.	請給我~~ ~~주세요.
請給我和那個相同的菜~~ 저것과 같은 것으로 주세요.	請包起來。 포장해 주세요.
買單！ 계산해 주세요.	多少錢？ →P.60 ~~元 （ ）원
已經含稅及服務費了嗎？ 세금과 팁이 포함되어 있나요?	可以用信用卡付費嗎？ 신용카드 사용해도 되나요?

→P.60

乾杯 건배	敬你 위하여	我不會喝酒 술 못해요.

我只喝一杯 한 잔만 마실께요.	請諒解 이해해 주세요.

酒類 술류	啤酒 맥주 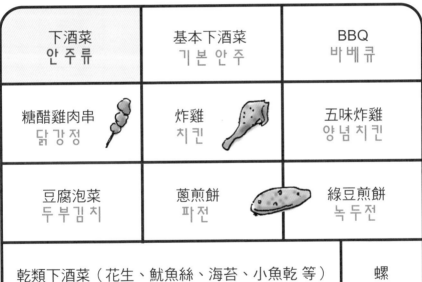	生啤酒 생맥주
燒酒(真露、清河) 소주 (진로, 청하)		米濁酒 막걸리
洋酒 양주	威士忌 위스키	雞尾酒 칵테일

下酒菜 안주류	基本下酒菜 기본 안주	BBQ 바베큐
糖醋雞肉串 닭강정	炸雞 치킨	五味炸雞 양념치킨
豆腐泡菜 두부김치	蔥煎餅 파전	綠豆煎餅 녹두전
乾類下酒菜(花生、魷魚絲、海苔、小魚乾 等) 마른 안주 (땅콩, 오징어, 김, 멸치 등)		螺 골뱅이

水果 과일	沙拉 샐러드

韓式餐廳

西餐廳

中華料理店

速食店

小吃店

咖啡廳

啤酒屋

調味醬料

水果店

單元三 料理飲食

韓式餐廳

西餐廳

中華料理店

速食店

小吃店

咖啡廳

啤酒屋

調味醬料

水果店

稍微一點點 조금	太 너무

 甜 달아요	酸 시어요	苦 써요

鹹 짜요	辣 매워요	澀 떫어요	清淡 싱거워요

油膩 느끼해요	難吃 맛이 없어요	好吃;美味 맛있어요.

請不要做太辣。 맵지 않게 해 주세요.	請做辣一點。 맵게 해 주세요.

請多放~~
~~더 넣어 주세요.

請少放~~
~~조금만 넣어 주세요.

請給我~~
~~주세요.

調味料 조미료	鹽 소금	砂糖 설탕
醬油 간장	醋 식초	胡椒粉 후춧가루

辣椒粉 고춧가루	起司粉 치즈가루	韓式辣椒醬 고추장	西式辣椒醬 핫소스

味噌醬 된장	番茄醬 케찹	美乃茲 마요네즈

芥末 겨자	芝麻 깨	芝麻油 참기름	沙拉油 식용유

請別放~~
~~ 넣지 마세요

肉 고기	辣椒 고추	蒜頭 마늘

薑 생강	蔥 파	洋蔥 양파	味精 미원

韓式餐廳

西餐廳

中華料理店

速食店

小吃店

咖啡廳

啤酒屋

調味醬料

水果店

9.水果店

請給我~~ ~~ 주세요	~~個 ( )개	~~斤 ( )근
請算便宜一點 싸게 해 주세요.	多少錢?　→P.60 얼마예요?	~~元 ( )원

→P.60

水果 과일	蘋果 사과
梨子 배	葡萄 포도
草莓 딸기	櫻桃 체리
柿子 감	橘子 귤
柳橙 오렌지	水蜜桃 복숭아

★ 水果的價錢一般都以大小不同來定,而很少以重量來定。

番茄 토마토		香蕉 바나나	
鳳梨 파인애플		哈蜜瓜 메론	
西瓜 수박		檸檬 레몬	
柚子 유자		奇異果 키위	

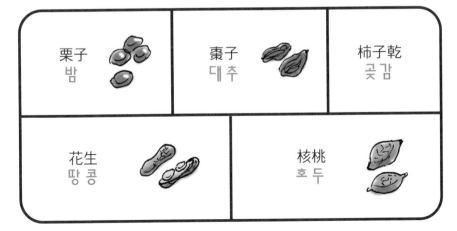

| 栗子
밤 | | 棗子
대추 | | 柿子乾
곶감 |
| 花生
땅콩 | | | 核桃
호두 | |

韓式餐廳

西餐廳

中華料理店

速食店

小吃店

咖啡廳

啤酒屋

調味醬料

水果店

單元四 旅行觀光

韓國全國地圖
漢城市區地圖
漢城及近郊景點
韓國其他觀光景點
自助旅行
迷路時怎麼辦
漢城地鐵路線圖
仁川地鐵路線圖
懶人旅行法

單元三 旅行觀光

1.韓國全國地圖

★ 韓國先以「道」來分區域，再細分其區域。

這附近有~~嗎？ 이 근처에 ~~있어요?	~~在哪裡？ ~~어디에 있어요?
到~~怎麼走？ ~~어떻게 가요?	請您用手指出來。 손으로 가리켜 주세요.
請在這兒畫地圖給我看。 여기에 약도 좀 그려 주세요.	請告訴我現在的位置。（出示地圖） 지금 제가 있는 곳이 어디입니까

❶ 北韓 북한　　❷ 南韓 남한

❸ 東海 동해　　❹ 西海 서해　　❺ 南海 남해

❻ 京畿道 경기도　❼ 板門店 판문점　❽ 漢城 서울　❾ 仁川 인천　❿ 利川 이천　⓫ 水原 수원

⓬ 江原道 강원도　⓭ 春川 춘천　⓮ 束草 속초　⓯ 江陵 강릉

⓰ 慶尚北道 경상북도　⓱ 安東 안동　⓲ 大邱 대구　⓳ 慶州 경주

⓴ 慶尚南道 경상남도　㉑ 釜山 부산　㉒ 晉州 진주　㉟ 濟州道 제주도　㊱ 濟州 제주　㊲ 西歸浦 서귀포

㉓ 忠清北道 충청북도　㉔ 清州 청주　㉕ 忠清南道 충청남도　㉖ 公州 공주　㉗ 扶餘 부여　㉘ 大田 대전

㉙ 全羅北道 전라북도　㉚ 全州 전주　㉛ 全羅南道 전라남도　㉜ 光州 광주　㉝ 麗水 여수　㉞ 木浦 목포

島　㊳ 江華島 강화도　㊴ 珍島 진도　㊵ 紅島 홍도　㊶ 鬱陵島 울릉도　㊷ 獨島 독도　㊸ 巨濟島 저제도

29

單元四 旅行觀光

韓國全國地圖

漢城市區地圖

漢城及近郊景點

韓國其他觀光景點

自助旅行

迷路時怎麼辦

漢城地鐵路線圖

仁川地鐵路線圖

懶人旅行法

圖 例 ⑪餐廳 ⑯咖啡店 ⑯巴士 ⑮寺廟 ⑧景點 ⑪商店 ⑦學校 ⑨渡船口 ⑥公園 ⑭飯店 ⑫大樓 ⑬博物館 ⑯百貨公司 ⑩教堂

單元四 旅行觀光

韓國全國地圖

漢城市區地圖

漢城及近郊景點

韓國其他觀光景點

自助旅行

迷路時怎麼辦

漢城地鐵路線圖

仁川地鐵路線圖

懶人旅行法

這附近有~~嗎？ 이 근처에 ~~있어요?	~~在哪裡？ ~~어디에 있어요?
到~~怎麼走？ ~~어떻게 가요?	請您用手指出來。 손으로 가리켜 주세요.
請在這兒畫地圖給我看。 여기에 약도 좀 그려 주세요.	請告訴我現在的位置。(出示地圖) 지금 제가 있는 곳이 어디입니까?

3.漢城及近郊景點

這附近有~~嗎？ 이 근처에 ~~있어요?	~~在哪裡？ ~~어디에 있어요?
到~~怎麼走？ ~~어떻게 가요?	請您用手指出來。 손으로 가리켜 주세요.
請在這兒畫地圖給我看。 여기에 약도 좀 그려 주세요.	請告訴我現在的位置。（出示地圖） 지금 제가 있는 곳이 어디입니까

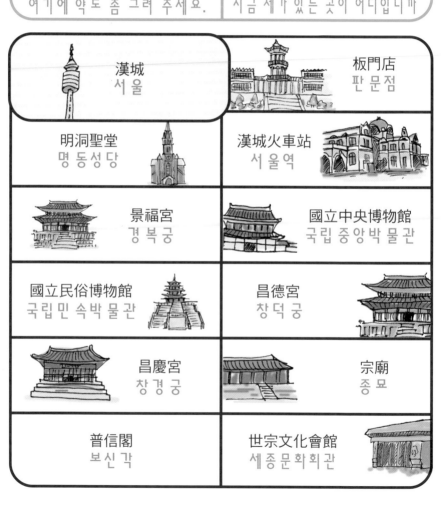

漢城 서울	板門店 판문점
明洞聖堂 명동성당	漢城火車站 서울역
景福宮 경복궁	國立中央博物館 국립중앙박물관
國立民俗博物館 국립민속박물관	昌德宮 창덕궁
昌慶宮 창경궁	宗廟 종묘
普信閣 보신각	世宗文化會館 세종문화회관

七葉樹公園 마로니에 공원	獨立門 독립문
南山塔 남산타워	龍山戰爭紀念館 용산전쟁기념관
汝矣島廣場 여의도광장	大韓生命63大廈 63빌딩
漢江遊覽船 한강유람선	樂天世界 롯데월드

漢城郊外 서울 교외

北漢山 북한산	北岳山 북악산
漢城大公園 서울대공원	南漢山城 남한산성

漢城近郊 서울 근교

自由公園 자유공원	月尾島 월미도	馬耳山 마이산
水原城 수원성	韓國民俗村 한국민속촌	

單元四 旅行觀光

韓國全國地圖

漢城市區地圖

漢城及近郊景點

韓國其他觀光景點

自助旅行

迷路時怎麼辦

漢城地鐵路線圖

仁川地鐵路線圖

懶人旅行法

單元四 旅行觀光

韓國全國地圖

漢城市區地圖

漢城及近郊景點

韓國其他觀光景點

自助旅行

迷路時怎麼辦

漢城地鐵路線圖

仁川地鐵路線圖

懶人旅行法

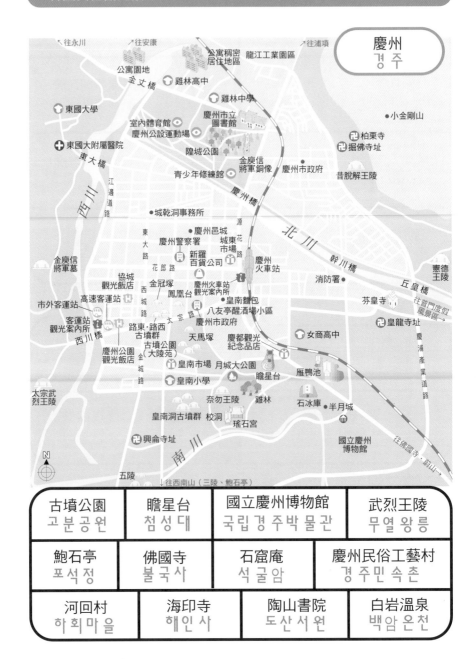

慶州
경주

古墳公園	瞻星台	國立慶州博物館	武烈王陵
고분공원	첨성대	국립경주박물관	무열왕릉
鮑石亭	佛國寺	石窟庵	慶州民俗工藝村
포석정	불국사	석굴암	경주민속촌
河回村	海印寺	陶山書院	白岩溫泉
하회마을	해인사	도산서원	백암온천

釜山
부산

韓國全國地圖
漢城市區地圖
漢城及近郊景點
韓國其他觀光景點
自助旅行
迷路時怎麼辦
漢城地鐵路線圖
仁川地鐵路線圖
懶人旅行法

釜山魚貝批發市場	釜山市立博物館
부산 자갈치시장	부산 시립박물관

太宗台	海雲台	五六島
태종대	해운대	오륙도

這附近有~~嗎？	~~在哪裡？
이 근처에 ~~있어요?	~~어디에 있어요?
到~~怎麼走？	請您用手指出來。
~~어떻게 가요?	손으로 가리켜 주세요.
請在這兒畫地圖給我看。	請告訴我現在的位置。（出示地圖）
여기에 약도 좀 그려 주세요.	지금 제가 있는 곳이 어디입니까?

韓國全國地圖

漢城市區地圖

漢城及近郊景點

韓國其他觀光景點

自助旅行

迷路時怎麼辦

漢城地鐵路線圖

仁川地鐵路線圖

懶人旅行法

濟州海峽

濟州民俗博物館

濟州民俗自然博物館

北濟州郡

濟州市

濟州Grand 飯店

舊左邑　隱月峰　斗山岳

朝天邑　拒文岳　月郎峰　大玉山

狹大岳

山心峰　犬月岳　子鹿山　城山邑

御乘山岳　大鹿山

飛揚島

涯月邑　表善面

北濟州郡

赤岳　城板岳　赤岳　南濟州郡　笙邑

翰林邑　漢拏山國立公園　論古岳　獨子岳

石岳　遠山峰

盆栽藝術苑　巨人岳　加時岳

翰京面　南元邑

安德面　朝近大阯岜　西歸浦市　米岳山　濟州民俗村

鹿下旨岳　雌蘆峰　魄犁岳　兎山岳

南濟州郡

大靜面

山房山

中文度假區　南　海

濟州新羅飯店

加波島

濟州島
제주도

天池淵瀑布 천지연폭포	龍頭岩 용두암	鬼怪路 도깨비도로	漢拏山 한라산
天帝淵瀑布 천제연폭포	濟州民俗自然博物館 제주민속자연박물관		城山日出峰 성산일출봉
中文海水浴場 중문해수욕장	翰林公園 한림공원		城邑民俗村 성읍민속촌
濟州雕刻公園 제주조각공원	萬丈窟 만장굴		濟州民俗村 제주민속촌

其他

獨立紀念館 독립 기념 관	溫陽溫泉 온양온천	EXPO科學公園 엑스 포 과학 공원
雞龍山國家公園 계룡산 국가공원	東鶴寺 동학사	武寧王陵 무녕왕릉
麻谷寺 마곡사	定林寺址 정림 사지	白馬江 백마강

俗離山 속리산	水安堡溫泉 수안 보온천	內藏山 내장산	南原 남원
無等山 무등산	智異山 지리산	閑麗水道 한 려수도	五臺山 오대산

這附近有~~嗎？ 이 근처에 ~~있어요?
~~在哪裡？ ~~어디에 있어요?
到~~怎麼走？ ~~어떻게 가요?
請您用手指出來。 손으로 가리켜 주세요.
請在這兒畫地圖給我看。 여기에 약도 좀 그려 주세요.
請告訴我現在的位置。（出示地圖） 지금 제가 있는 곳이 어디입니까?

單元四　旅行觀光

韓國全國地圖

漢城市區地圖

漢城及近郊景點

韓國其他觀光景點

自助旅行

迷路時怎麼辦

漢城地鐵路線圖

仁川地鐵路線圖

懶人旅行法

這附近有~~嗎？ 이 근처에 ~~있어요?			公車站 버스 정류장
詢問處 안내	🚹🚻 洗手間 화장실	兌幣處 →P.60 환전하는 곳	

到~~怎麼走？ ~~어떻게 가요？
請在這兒畫地圖給我看。 여기에 약도 좀 그려 주세요.
請告訴我現在的位置。(出示地圖) 지금 제가 있는 곳이 어디입니까?

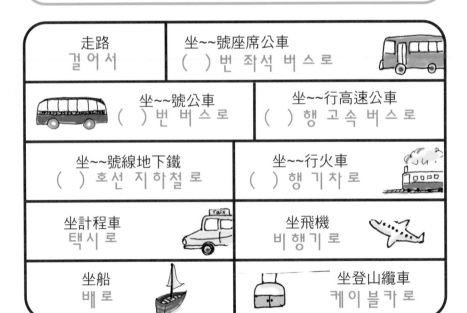

走路 걸어서	坐~~號座席公車 ( )번 좌석 버스로	
坐~~號公車 ( )번 버스로	坐~~行高速公車 ( )행 고속 버스로	
坐~~號線地下鐵 ( )호선 지하철로	坐~~行火車 ( )행 기차로	
坐計程車 택시로	坐飛機 비행기로	
坐船 배로	坐登山纜車 케이블카로	

★ 搭公車時，若遊客沒購買交通卡，付現金即可。公車上備有零錢，因此遊客不需要特別準備零錢。

到~~的車/地下鐵/火車在哪裡搭乘？
~~가는 차/지하철/기차 어디에서 타요?

在這裡	在對面
여기에서	맞은편에서

~~在哪裡下？
~~어디에서 내려요?

下一站	下下站
다음에서	다다음에서
這一站	已經過了
이번에서	이미 지났어요.

到~~要多久（時間）？
~~까지 얼마나 걸려요?

~~個小時 ~~分
（　　）시간 （　　）분

10分	30分	1個小時	2個小時
10분	30분	1시간	2시간

★ 韓國的地址中，一般只有地區之名，很少有路名，因此自助旅行時，只有地址很難找到遊客想到達的
地方。遊客應先知道附近較有名的大廈，找地方或坐計程車時才方便些。

地下鐵售票機	選擇票 승차권 선택
1段票 1구간	→P.60 選擇張數 매수 선택
投幣口 동전 투입	取消 취소
退幣口 반환	喚人按鈕 호출

地下鐵 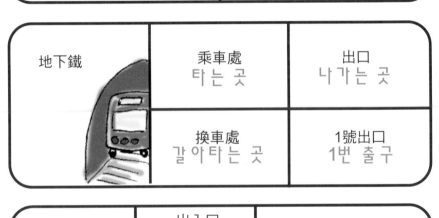	乘車處 타는 곳	出口 나가는 곳
	換車處 갈아타는 곳	1號出口 1번 출구

火車 	出入口 출입구	剪票口 개찰구
	成人／小孩 어른/어린이	

6.迷路時怎麼辦

到~~怎麼走？
~~어떻게 가요?

請在這兒畫地圖給我看。
여기에 약도 좀 그려 주세요.

請告訴我現在的位置。(出示地圖)
지금 제가 있는 곳이 어디입니까?

單元四　旅行觀光

韓國全國地圖

漢城市區地圖

漢城及近郊景點

韓國其他觀光景點

自助旅行

迷路時怎麼辦

漢城地鐵路線圖

仁川地鐵路線圖

懶人旅行法

在~~ ~~에서	第一個 첫번째	第二個 두번째	第三個 세번째

天橋 육교	紅綠燈 신호등	地下道 지하도
過馬路 길을 건너세요.		斑馬線 건널목
三岔路口 삼거리		十字路口 사거리
直走 곧바로 가세요.	左轉 좌회전하세요.	右轉 우회전하세요.

到~~由幾號出口出去？ ~~가려면 몇번 출구로 나가야 돼요?			1號出口 1번 출구
2號出口 2번 출구	3號出口 3번 출구	4號出口 4번 출구	5號出口 5번 출구

單元四 旅行觀光

韓國全國地圖

漢城市區地圖

漢城及近郊景點

韓國其他觀光景點

自助旅行

迷路時怎麼辦

漢城地鐵路線圖 仁川地鐵路線圖

懶人旅行法

7.漢城／仁川地鐵路線圖（p.42地圖須與 p.44 地圖合併使用）

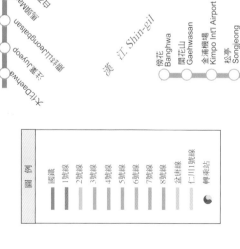

這附近有~~嗎？
이 근처에 ~~있어요?

~~在哪裡？
~~어디에 있어요?

到~~怎麼走？
~~어떻게 가요?

請您用手指出來。
손으로 가리켜 주세요.

請在這兒畫地圖給我看。
여기에 약도 좀 그려 주세요.

請告訴我現在的位置。
（出示地圖）
지금 제가 있는 곳이 어디입니까

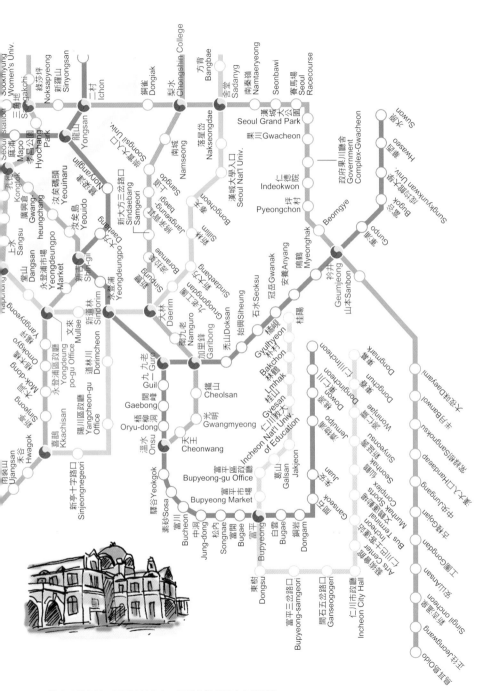

單元四 旅行觀光

韓國全國地圖

漢城市區地圖

漢城及近郊景點

韓國其他觀光景點

自助旅行

迷路時怎麼辦

漢城地鐵路線圖 仁川地鐵路線圖

懶人旅行法

★ 搭地下鐵之前，要看清楚方向，不然會搭錯反方向的列車。

韓國全國地圖

漢城市區地圖

漢城及近郊景點

韓國其他觀光景點

自助旅行

迷路時怎麼辦

漢城地鐵路線圖 仁川地鐵路線圖

懶人旅行法

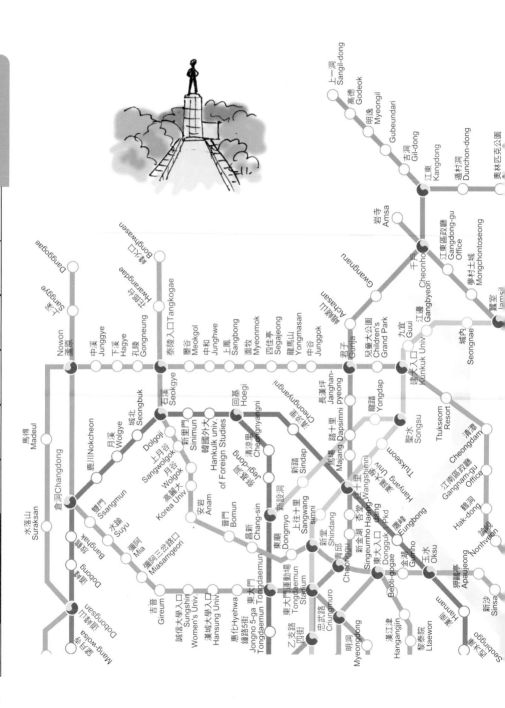

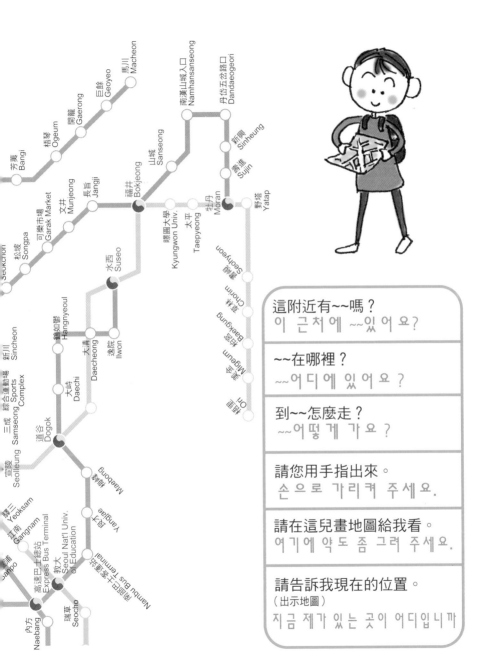

芳荑 Bangi
梧琴 Ogeum
開籠 Gaerong
巨餘 Geoyeo
馬川 Macheon

南漢山城入口 Namhansanseong
丹岱五岔路口 Dandaegeori
新興 Sinheung
壽進 Sujin
山城 Sanseong
福井 Bokjeong
長旨 Jangji
艾峴 Munjeong
可樂市場 Garak Market
松坡 Songpa
Seokchon
牡丹 Moran
野塔 Yatap
太平 Taepyeong
暻園大學 Kyungwon Univ.
水西 Suseo
鶴如蔚 Hangnyeoul
大淸 Daecheong
逸院 Ilwon
新川 Sincheon
大峙 Daechi
三成 綜合運動場 Samseong Sports Complex
大谷 Daechi
道谷 Dogok
宣陵 Seolleung
梅峰 Maebong
彥陽 Yangjae
驛三 Yeoksam
江南 Gangnam
教大 Seoul Nat'l Univ. of Education
高速巴士總站 Express Bus Terminal
Jampo
南部巴士客運站 Nambu Bus Terminal
瑞草 Seocho
內方 Naebang
瑞草 Seocho

仙凌 Seolleung
宣陵 Seolleung
Seohyeon
Chonm
Baekgyung
Migeum
On

這附近有~~嗎？
이 근처에 ~~있어요?

~~在哪裡？
~~어디에 있어요 ?

到~~怎麼走？
~~어떻게 가요 ?

請您用手指出來。
손으로 가리켜 주세요.

請在這兒畫地圖給我看。
여기에 약도 좀 그려 주세요.

請告訴我現在的位置。
（出示地圖）
지금 제가 있는 곳이 어디입니까

單元四 旅行觀光

韓國全國地圖
漢城市區地圖
漢城及近郊景點
韓國其他觀光景點
自助旅行
迷路時怎麼辦
漢城地鐵路線圖 仁川地鐵路線圖
懶人旅行法

9.懶人旅行法

單元四 旅行觀光

韓國全國地圖

漢城市區地圖

漢城及近郊景點

韓國其他觀光景點

自助旅行

迷路時怎麼辦

漢城地鐵路線圖

仁川地鐵路線圖

懶人旅行法

這裡有沒有市區觀光巴士？
여기 시내 관광버스가 있어요?

有沒有一天/半天的觀光團？
하루/반나절짜리 관광단 있어요?

有哪些地方好玩？
어디가 재미있어요?

大概要花多久時間？ →P.61
시간이 얼마나 걸려요?

幾點出發？ →P.61
몇시에 떠나요?

幾點回來？ →P.61
몇시에 돌아와요?

從哪裡出發？
어디에서 출발해요?

乘車券要在哪裡買呢？
차표는 어디에서 사요?

在~~飯店可以上車嗎？
~~호텔 앞에서 차를 탈 수 있나요?

在~~飯店可以下車嗎？
~~호텔 앞에서 내릴 수 있나요?

可以在這裡拍照嗎？
여기에서 사진 찍어도 되나요?

可以使用閃光燈嗎？
카메라 후레쉬를 사용해도 되나요?

可以請你幫我拍照嗎？
사진 좀 찍어 주시겠어요?

可以跟你合照嗎？
같이 사진 찍으실래요?

可以
돼요.

不可以
안 돼요.

單元五 購物特產

1.漢城主要購物中心—明洞街為主

(1)明洞街為主

韓文地名
仁寺洞 인사동
梨泰院 이태원
韓國皮革百貨店 한국 피혁 백화점
明洞 명동
梨花女子大學 이화여자대학교
教保書局 교보문고
鍾路書局 종로서적

這附近有~~嗎？ 이 근처에 ~~있어요?	~~在哪裡？ ~~어디에 있어요?
到~~怎麼走？ ~~어떻게 가요?	請您用手指出來。 손으로 가리켜 주세요.
請在這兒畫地圖給我看。 여기에 약도 좀 그려 주세요.	請告訴我現在的位置。（出示地圖） 지금 제가 있는 곳이 어디입니까?

★台幣在韓國當地很難直接兌換，只有一家「外換銀行」才可以直接兌換。

單元五 購物特產

漢城主要購物中心

逛街購物

服飾採購

日常用品

韓國土產

哈韓音樂

單元五 購物特產

漢城主要購物中心

逛街購物

服飾採購

日常用品

韓國土產

哈韓音樂

南大門市場
남대문시장

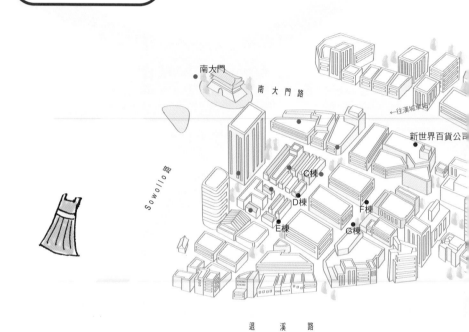

남대문

南大門

南大門路

←往漢城車站

新世界百貨公司

Sowol1o路

C棟

D棟

E棟

F棟

G棟

退　溪　路

這附近有~~嗎？ 이 근처에 ~~있어요？	~~在哪裡？ ~~어디에 있어요？
到~~怎麼走？ ~~어떻게 가요？	請您用手指出來。 손으로 가리켜 주세요.
請在這兒畫地圖給我看。 여기에 약도 좀 그려 주세요.	請告訴我現在的位置。（出示地圖） 지금 제가 있는 곳이 어디입니까？

48

↑往市政府

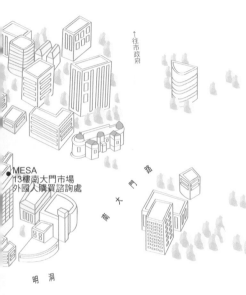

●MESA
13樓南大門市場
外國人購買諮詢處

南 大 門 路

明 洞

單元五　購物特產

漢城主要購物中心

逛街購物

服飾採購

日常用品

韓國土產

哈韓音樂

| 樂天百貨公司 |
| 롯데 백화점 |
| 新世界百貨公司 |
| 신 세 계 백화점 |
| 樂天免稅店 |
| 롯데 면세점 |

単元五 購物特產

漢城主要購物中心

逛街購物

服飾採購

日常用品

韓國土產

哈韓音樂

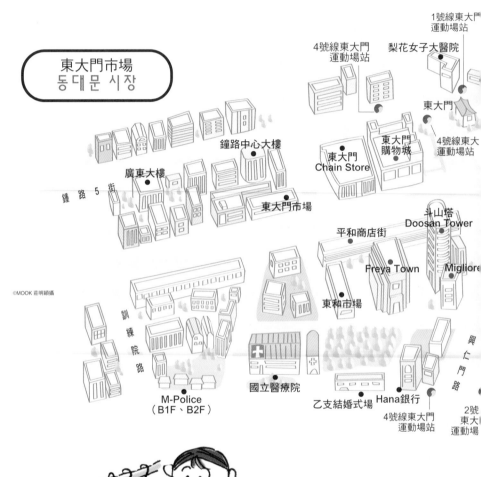

東大門市場
동대문 시장

1號線東大門
運動場站

4號線東大門
運動場站

梨花女子大醫院

東大門

4號線東大
運動場站

鐘路中心大樓

東大門
購物城

廣東大樓

東大門
Chain Store

鐘 路 5 街

東大門市場

斗山塔
Doosan Tower

平和商店街

©MOOK 莊明翰攝

Freya Town

Migliore

訓 練 院 路

東和市場

興 仁 門 路

國立醫療院

M-Police
（B1F、B2F）

乙支結婚式場

Hana銀行

4號線東大門
運動場站

2號
東大
運動場站

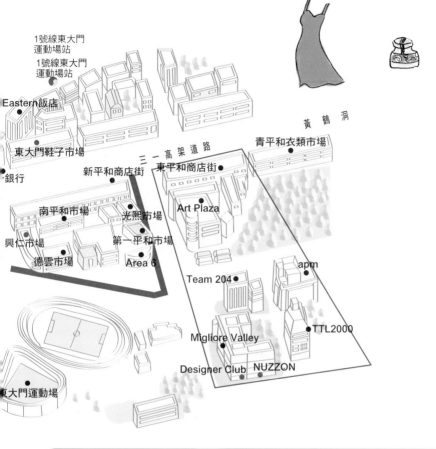

漢城主要購物中心

逛街購物

服飾採購

日常用品

韓國土產

哈韓音樂

這附近有~~嗎？	~~在哪裡？
이 근처에 ~~있어요?	~~어디에 있어요?
到~~怎麼走？	請您用手指出來。
~~어떻게 가요?	손으로 가리켜 주세요.
請在這兒畫地圖給我看。	請告訴我現在的位置。（出示地圖）
여기에 약도 좀 그려 주세요.	지금 제가 있는 곳이 어디입니까?

2.逛街購物

單元五 購物特產

漢城主要購物中心

逛街購物

服飾採購

日常用品

韓國土產

哈韓音樂

我逛一逛。 구경 좀 할게요.	不買。 안 사요.
有沒有~~？ ~~있어요?	請給我看~~。 ~~보여 주세요.

請給我~~。 ~~주세요.
這個、那個（近距離）、那個（遠距離） 이거 /그거 /저거

太貴了。 너무 비싸요.	算便宜一點吧！ 싸게 해 주세요.
有別的嗎？ 다른 건 없어요?	可以換嗎？ 바꿔도 돼요?
多少錢？　　　　→P.60 얼마예요?	總共多少錢？　　　→P.60 모두 얼마예요?
可以用信用卡結帳嗎？ 신용카드도 돼요?　　VISA	
請包起來。 포장해 주세요.	請分開包起來。 따로 따로 포장해 주세요.

★若遊客要更換商品時，盡量避免早上，選下午的時間。韓國商家避諱客人早上換東西。

這附近有沒有~~？
이 근처에 ~~있어요?

~~在那裡呢？
~~어디에 있어요?

單元五 購物特產

漢城主要購物中心

逛街購物

服飾採購

日常用品

韓國土產

哈韓音樂

商店 상점 / 가게	便利商店 편리점
藥房 약국 →P.82	家具店 가구점
服飾店 옷가게 →P.54	鞋店 신발 가게 →P.54
首飾店 금은방 / 악세사리집	花店 꽃가게
書店 서점	唱片行 레코드 가게 →P.59
玩具店 장난감 가게	電器行 전자상가
鐘錶行 시계방	眼鏡行 안경점
文具店 문방구 →P.58	精品店 선물의 집

★韓國的商店沒有發票。若客人要求，可以開立收據。

單元五 購物特產

漢城主要購物中心

逛街購物

服飾採購

日常用品

韓國土產

哈韓音樂

請給我看~~。 ~~보여 주세요.	有沒有~~？ ~~있어요?	我要買~~。 ~~사고 싶은데요.
請給我~~。 ~~로 주세요.	這個、那個（近距離）、那個（遠距離） 이거 / 그거 / 저거	

衣服 옷	大衣/外套 외투	夾克 잠바	西裝 양복	套裝 정장
襯衫 와이셔츠	T恤 티셔츠	罩衫 블라우스		背心 조끼
毛衣 스웨터	長袖 긴팔	短袖 반팔		無袖 민소매
褲子 바지	牛仔褲 청바지	長褲 긴바지		短褲 반바지
裙子 치마	長裙 긴치마	短裙 짧은치마		連身裙 원피스
韓服 한복	睡衣 잠옷	泳衣 수영복		內衣 속옷
胸罩 브래지어	內褲 팬티	帽子 모자		眼鏡 안경
太陽眼鏡 썬글라스	領帶 넥타이	圍巾 스카프		手套 장갑
襪子 양말	絲襪 스타킹	皮帶 허리띠		手帕 손수건
鞋子 신발	皮鞋 구두	高跟鞋 하이힐	涼鞋 샌들	運動鞋 운동화

★購買鞋子時，其大小以「公分」來算。

配件 악세사리	髮夾 머리핀	髮帶 머리띠	耳環 귀걸이
項鍊 목걸이	胸針 브로찌	手環 팔찌	戒指 반지

有別的顏色嗎？ 다른 색깔 없어요?		有 있어요.	沒有 없어요.

顏色 색깔		黑色 검은색	灰色 회색	白色 백색
藍色 파란색	淡藍色 하늘색	綠色 녹색	紅色 빨간색	橘色 주황색
紫色 보라색	粉紅色 분홍색	黃色 노란색	金色 금색	銀色 은색

材料 재료	真皮 가죽	牛皮 소가죽	羊皮 양가죽
鱷魚皮 악어가죽	棉 면	苧麻 마	尼龍 나일론

太 너무	稍微 조금	大 커요	小 작아요
長 길어요	短 짧아요	厚 두꺼워요	薄 얇아요

可以試穿嗎? 입어 봐도 돼요?	可以試戴嗎? 해 봐도 돼요?	可以 돼요	不可以 안 돼요
大小剛好。 딱 맞아요.	好看。 예뻐요.	不好看。 이상해요.	
我喜歡。 마음에 들어요.		我不太喜歡。 마음에 안 들어요.	

單元五 購物特產

漢城主要購物中心

逛街購物

服飾採購

日常用品

韓國土產

哈韓音樂

單元五 購物特產

漢城主要購物中心

逛街購物

服飾採購

日常用品

韓國土產

哈韓音樂

請給我看~~。 ~~보여 주세요.	有沒有~~？ ~~있어요?	我要買~~。 ~~사고 싶은데요.
請給我~~。 ~~주세요.	這個、那個（近距離）、那個（遠距離） 이거 /그거 /저거	

人參肥皂 인삼비누	竹鹽肥皂 죽염비누
牙刷 칫솔	牙膏 치약
刮鬍刀 면도기	洗髮精 샴푸
潤絲精 린스	指甲刀 손톱깎기
衛生紙 휴지	餅乾 과자
飲料 음료수	酒 술
海苔 김	泡麵 라면
杯麵 컵라면	人參 인삼

有這裡的土產嗎? 이 곳 특산품이 있나요?		有 있어요.	沒有 없어요.
可以給我看看這裡的土產嗎? 이 곳 특산품좀 보여 주세요?			
可以試吃嗎? 먹어 봐도 돼요?		請給我這裡的土產。 이 곳 특산품 주세요.	

單元五 購物特產

漢城主要購物中心

逛街購物

服飾採購

日常用品

韓國土產

哈韓音樂

九里 구리	小黃瓜 오이	利川 이천	陶瓷 도자기
仁川 인천	蝦子醬 새우젓	天安 천안	核桃餅 호두과자
江華島 강화도	花紋草席 화문석	束草 속초	魷魚 오징어
安東 안동	麻布 삼베	大邱 대구	蘋果 사과
全州 전주	拌飯 비빔밤	羅州 나주	梨子 배
濟州島 제주도	柑橘 감귤	韓山 한산	苧麻 모시
嶺東 영동	柿子乾 곶감	鬱陵島 울릉도	南瓜麥芽糖 호박엿

單元五 購物特產

漢城主要購物中心

逛街購物

服飾採購

日常用品

韓國土產

哈韓音樂

請推薦我最近在韓國流行的歌曲。
요즘 한국에 유행하는 노래 좀 추천해 주세요.

請給我~~。 ~~주세요.	請給我~~的最新專輯。 ~~최신 앨범 주세요.

這張專輯好聽嗎？
이 앨범 노래 좋은가요?

好聽。 좋아요.	還好。 그저 그래요.	不好聽。 안 좋아요.

CD CD
錄音帶 테이프
音樂錄影帶 MTV
大型海報 대형 브로마이드
照片 사진

歌手
가수

單元五　購物特產

漢城主要購物中心

逛街購物

服飾採購

日常用品

韓國土產

哈韓音樂

男歌手 남자가수		神話 신화
金旻鍾 김민종	安在旭 안재욱	劉承俊 유승준
任創正 임창정	朴軫永 박진영	曹誠模 조성모
安七炫 안칠현	文熙俊 문희준	god god

女歌手 여자가수		李貞賢 이정현
李允正 이윤정	J 제이	金賢政 김현정
白智英 백지영	yang pa 양파	寶兒 BOA
S.E.S S.E.S	Fin.K.L Fin.K.L	寶貝天使 Baby Vox

★韓國音樂專輯一般沒有專輯名，以數字來標其專輯。

1.數字金錢

多少錢？ 얼마예요?	幾~~？ 몇 ~~ ？
大小多少？ 사이즈가 어떻게 돼요?	

數字（順序）	1 일	2 이	3 삼	4 사	5 오	6 육
7 칠	8 팔	9 구	10 십	11 십일	12 십이	13 십삼	14 십사
15 십오	16 십육	17 십칠	18 십팔	19 십구	20 이십	30 삼십	40 사십
50 오십	60 육십	70 칠십	80 팔십	90 구십	100 백	1,000 천

10,000 만	100,000 십만	1,000,000 백만	10,000,000 천만	100,000,000 억

現金 현금 	支票 수표	信用卡 크레디트 카드	旅行支票 여행자수표

韓幣 한국돈	美金 미국달러	台幣 대만달러

元 원	人份 인분	樓層 층	年級 학년

年 년	月 월	個月 개월	周 주	日 일	分 분	秒 초

公里 킬로미터	公尺 미터	公分 센티미터

公斤 킬로그램	公克 그램	公升 리터	毫升 CC

幾~~? 몇 ~~?	請給我~~ ~~주세요.

要多久？
(시간이) 얼마나 걸려요?

數字（量）	1 하나(한)	2 둘(두)	3 셋(세)	4 넷(네)	5 다섯	6 여섯
7 일곱	8 여덟	9 아홉	10 열	11 열하나(한)	12 열 둘(두)	13 열 셋(세)	14 열 넷(네)
15 열 다섯	16 열 여섯	17 열일곱	18 열 여덟	19 열 아홉	20 스물(스무)	30 서른	40 마흔
50 쉰	60 예순	70 일흔	80 여든	90 아흔	100 백	1,000 천	10.000 만

點（時間）시	小時 시간	個 개	張 장	本 권	朵（花）송이	輛 대	杯 잔
瓶 병	雙（鞋子）켤레	套/件（衣服）벌	個人 사람	位 분	隻（動物）마리		

★韓幣共有三種：有硬幣、鈔票、支票。10、50、100、500元為硬幣；1000、5000、10000元為鈔票；100000、500000、1000000元為可即時兌現的支票（雖說是支票，但與現金般通用）。

幾月？
몇 월이에요?

幾日(號)？
며칠이에요?

現在幾點鐘？
지금 몇 시예요?

幾點鐘出發？
언제 출발해요?

幾點鐘到達？
언제 도착해요?

要花多久時間？
시간이 얼마나 걸려요?

~~點見面吧！
( )시에 만나요.

請用數字寫在這裡。（~~月 ~~日 ~~時 ~~分）
숫자로 여기에 써 주세요.

~~月 ~~日 ~~時 ~~分
( )월 ( )일 ( )시 ( )분

星期幾？
무슨 요일이에요?

星期日 일요일	星期一 월요일	星期二 화요일	星期三 수요일
星期四 목요일	星期五 금요일		星期六 토요일

★ 韓國的時間比台灣快一個小時。

四季 사계절	
春（3-5月） 봄	夏（6-8月） 여름 
秋（9-11月） 가을	 冬（12-2月） 겨울

今天幾度？
오늘 몇 도 예요?

今天天氣如何？
오늘 날씨가 어때요?

氣候 날씨	熱 더워요.	冷 추워요.
涼爽 시원해요.	舒服 상쾌해요.	溫暖 따뜻해요.
快要下雨了。 비가 올것 같아요.	快要下雪了。 눈이 올것 같아요.	

3.節日慶典

1月

1月1日
新年
신정

2月

2月14日
情人節
발렌타인 데이

1月1日
（農曆）
過年
구정

3月

3月1日
三一節（抗日運動紀念日）
삼일절

3月2日
新學年（第一學期）
새학년

3月14日
白色情人節
화이트 데이

4月

4月5日
植木日（種樹的日子）
식목일

4月8日（農曆）
釋迦牟尼誕辰日
석가탄신일

5月5日
兒童節
어린이날

今天是什麼特別的日子嗎？
오늘이 무슨 특별한 날이에요?

今天是什麼日子嗎？
오늘이 무슨 날이에요?

是 예	不是 아니요.

5月8日
父母節
어버이날

5月

5月15日
教師節
스승의 날

64

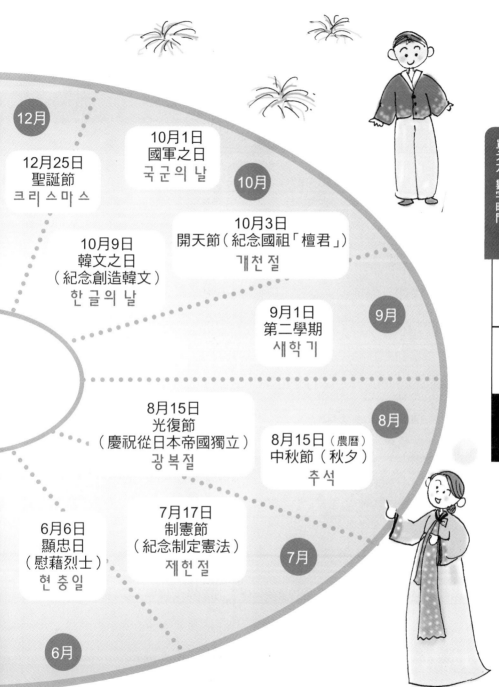

12月

12月25日
聖誕節
크리스마스

10月1日
國軍之日
국군의 날

10月

10月9日
韓文之日
（紀念創造韓文）
한글의 날

10月3日
開天節（紀念國祖「檀君」）
개천절

9月1日
第二學期
새학기

9月

8月15日
光復節
（慶祝從日本帝國獨立）
광복절

8月15日（農曆）
中秋節（秋夕）
추석

8月

7月17日
制憲節
（紀念制定憲法）
제헌절

6月6日
顯忠日
（慰藉烈士）
현충일

7月

6月

★韓國也有國曆與農曆之分。在韓國，國曆稱為「陽曆」；農曆稱為「陰曆」。

1.自我介紹

你好！ 안녕하세요	
初次見面。 처음 뵙겠습니다.	幸會幸會。 만나서 반갑습니다.
請多多指教。 잘 부탁 드립니다.	這是我的名片。 이건 제 명함입니다.

基本資料	我叫 ~~ 저는 ~~이에요.
請問你貴姓大名？ 성함이 어떻게 되세요?	我是台灣人。 저는 대만 사람입니다.
你去過台灣嗎？ 대만에 가보셨어요?	你會說中文嗎？ 중국어 하실 줄 아세요?
我~~歲。 저는~~ 살이에요.	你幾歲了？ 나이가 어떻게 되세요?
你的生日是什麼時候？ 생일이 언제예요?	我的生日是~月~日。 제 생일은 ( )월 ( )일이에요.
我的職業是~~。 (제 직업은) ~~이에요.	你在哪裡高就？ 무슨 일 하세요?

老師 선생님		學生 학생	
家庭主婦 가정주부		公司老闆 사업가	
秘書 비서		上班族 회사원	
公務員 공무원		銀行職員 은행직원	
醫生 의사		護士 간호사	
律師 변호사		廚師 요리사	
司機 운전사		作家 작가	
畫家 화가		設計師 디자이너	
記者 기자		沒有工作 직업이 없어요.	

我的嗜好是~~。
제 취미는 ~~이에요.

你喜歡~~嗎? ~~좋아해요?	我喜歡。 좋아해요.
我不太喜歡。 그리 좋아하지 않아요.	我不喜歡。 안 좋아해요.
你會~~嗎? ~~할 줄 아세요?	我會~~。 ~~할 줄 알아요.
我不太會~~。 ~~잘 못해요.	我不會~~。 ~~못해요.

看電影 영화 감상	聽音樂 음악 감상 →P.59	
看書 독서	旅行 여행	做菜 요리
畫畫 그림		插花 꽃꽂이

唱歌 노래	運動 운동
棒球 야구	足球 축구
籃球 농구	排球 배구
保齡球 볼링	高爾夫球 골프
滑雪 스키	溜冰 스케이트
網球 테니스	跆拳道 태권도
游泳 수영	登山 등산
健行 하이킹	跳舞 댄싱

我的星座是~~。 제 별자리는~~예요.	您是什麼星座? 무슨 별자리세요?

牡羊座 양자리	金牛座 황소자리	雙子座 쌍둥이자리
巨蟹座 게자리	獅子座 사자자리	處女座 처녀자리
天秤座 천칭자리	天蠍座 전갈자리	射手座 사수자리
魔羯座 염소자리	水瓶座 물병자리	雙魚座 물고기자리

我屬~~ 저는 ~~띠예요.	您是屬什麼的? 무슨 띠세요?

老鼠 쥐	牛 소	虎 호랑이	兔 토끼
龍 용	蛇 뱀	馬 말	羊 양
猴 원숭이	雞 닭	狗 개	豬 돼지

我的血型是~~。	您是什麼血型？
저는 ~~이에요.	혈액형이 뭐예요?

A型	B型	AB型	O型
A형	B형	AB형	O형

可以直接叫我的名字。	請問要怎麼稱呼你呢？
그냥 이름 부르셔도 돼요.	뭐라고 불러야 돼요?
請稱呼我~~。	~~先生/小姐
~~라고 부르세요.	~~씨 （姓名後面加 ~~씨）

這位是誰？	這位是我的~~。
이 분은 누구세요?	이 분은 제 ~~ 입니다.

爺爺	奶奶	父親	母親
아버지	할머니	아버지	어머니

這個人是我的~~。		丈夫	妻子
이 사람은 제~~입니다.		남편	아내

哥哥	姊姊	弟弟	妹	朋友
형/오빠	누나/언니	남동생	여동생	친구
（男女稱呼法不同）	（男女稱呼法不同）			

這個孩子是我的~~。
이 아이는 제~~입니다.

兒子	女兒	姪子	姪女
아들	딸	조카	조카딸

★ 稱呼哥哥、姊姊時，有男女之別。男生的叫法與女生的叫法不同。

單元七 介紹問候

自我介紹

興趣嗜好

聊天話題

約會交友

你好！ 안녕하세요?	好久不見。 오래간만이에요.
過得好嗎？ 잘 지냈어요?	現在忙嗎？ 지금 바빠요?
何時見面？ 우리 언제 만날까요?	我們要約在哪裡？ 우리 어디에서 만날까요?
我能去。 갈 수 있어요.	我不能去。 갈 수 없어요.
請來找我一起去! 저하고 같이 가요.	我也想和你一起去! 저도 같이 가고 싶어요.
要搭什麼時候的巴士？ 몇 시 버스를 타요?	要坐什麼時候的火車？ 몇 시 기차를 타요?
什麼時候到達？ 언제 도착해요?	要花多久時間？ 시간이 얼마나 걸려요?

請寫在這兒。
여기에 써 주세요.

～月～日～時～分
( )월 ( )일 ( )시 ( )분

★韓語中，第二人稱「你」與第三人稱「他」沒有適當的稱呼，因此以姓名來代替此兩種詞。

我很抱歉。 미안합니다.	我遲到了。 늦었어요.
今天很高興。 오늘 재미있었어요.	下次再見。 다음에 만나요.
我先走了。 먼저 갈게요.	你先走。 먼저 가세요.

請把~~寫在這兒。
~~여기에 써 주세요.

電話號碼 전화번호	
手機號碼 핸드폰번호	
信箱（電子郵件） 메일주소	

我遺失了你的電話號碼。 전화번호를 잊어버렸어요.	我找不到約會地點。 약속 장소를 못 찾겠어요.
我需要幫忙。 도움이 필요해요.	國際電話怎麼打? 국제전화를 어떻게 해요?
我現在在哪裡? 제가 지금 있는 곳이 어디입니까?	

1.哈韓文化

我看過~~。 ~~봤어요.	你看過~~嗎? ~~봤어요?
~~好看嗎? ~~재미있어요?	好看。 재미있어요.
還好。 그저 그래요.	不好看。 재미없어요.

男 演員 남 자 배 우		女 演員 여 자 배 우	
張東健 장 동 건	車仁表 차 인 표	李英愛 이 영 애	金喜善 김 희 선
裴勇俊 배 용 준	元斌 원 빈	蔡琳 채 림	宋慧喬 송 혜 교
劉時元 류 시 원	安在旭 안 재 욱	宋允兒 송 윤 아	崔真實 최 진 실
李秉憲 이 병 헌	金旻鍾 김 민 종	崔智友 최 지 우	沈銀荷 심 은 하

連續劇 드라마	藍色生死戀 가을동화	情定大飯店 호텔리어

火花
불꽃

愛上女主播
이브의 모든 것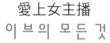

守護天使 수호천사	番茄 토마토

美麗的日子 아름다운 날들	順風婦產科 순풍산부인과

正在戀愛中
지금은 연애중

 朋友
FRIENDS

冬季戀歌
겨울연가

與韓星約會

	我是~~。 저는 ~~입니다.
	我愛你。 사랑해요.
我是從台灣來的。 저는 대만에서 왔어요.	我太喜歡~~。 ~~너무 좋아해요.

可以在這裡簽名嗎？
여기에 싸인해 주시겠어요?

可以跟你一起拍照嗎？
같이 사진 찍어도 될까요?

可以跟你握手嗎？ 악수해도 될까요?	請你常來台灣。 대만에 자주 오세요.
可以跟你擁抱嗎？ 포옹해도 될까요?	你太漂亮了。 너무 예뻐요.
你太帥了。 너무 멋있어요.	你很會演戲。 연기 너무 잘 하세요.
你很會唱歌。 노래 너무 잘 하세요.	你很會跳舞。 춤 너무 잘 추세요.

韓國連續劇 한국 드라마	韓國流行歌曲 한국 가요	韓國電影 한국 영화

與韓國運動健將約會

我是從台灣來的。 저는 대만에서 왔어요.	我是~~。 저는 ~~입니다.

我愛你。 사랑해요.	我太喜歡~~。 ~~너무 좋아해요.	請你常來台灣。 대만에 자주 오세요.

可以在這裡簽名嗎? 여기에 싸인해 주시겠어요?	可以跟你一起拍照嗎? 같이 사진 찍어도 될까요?
可以跟你握手嗎? 악수해도 될까요?	可以跟你擁抱嗎? 포옹해도 될까요?
你很會比賽。 경기 너무 잘 하세요.	我會幫你加油。 응원할게요.
請你一定要贏! 꼭 우승하세요.	加油! 화이팅

投手 투수	宣東烈 선동렬	棒球 야구	打者 타자	李鍾範 이종범
朴贊浩 박찬호	鄭民泰 정민태		李炳圭 이병규	李承燁 이승엽
李尚勳 이상훈	金炳賢 김병현		宋志晚 송지만	馬海英 마해영

足球 축구

洪明甫 홍명보	宋鍾國 송종국
黃善弘 황선홍	崔蓉洙 최용주
劉相鐵 유상철	尹政煥 윤정환
安貞煥 안정환	金秉志 김병지
金南一 김남일	李民成 이민성

籃球 농구

金秉徹 김병철	許載 허재
趙相顯 조상현	金周成 김주성
金勝顯 김승헌	徐章勳 서장훈
全喜哲 전희철	姜東熙 강동희
宋永鎮 송영진	玄周燁 현주엽

2.傳統文化

我對韓國的~~有興趣。
저는 한국의~~에 흥미가 있어요.

喜歡~~嗎？	我們去看~~吧！
~~좋아하세요?	~~보러 가요.

韓國文化 한국문화	韓國藝術 한국예술
假面舞 탈 춤	扇子舞 부채춤
農樂 농악	韓國傳統說唱藝術 판소리
翹翹板 널 뛰기	傳統婚禮 전통혼례
跆拳道 태권도	比角力 씨름
高麗青瓷 고려청자	朝鮮白瓷 조선백자
韓服 한복	韓國文字 한글

3.世界盃足球賽

~~在哪裡？
~~ 어디에 있어요?

世界盃足球運動場
월드컵 경기장

售票處 매표소	位子 자리

~~什麼時候比賽？
~~언제 해요?

~~月~~日
( )월 ( )일

請給我~~張票。
티켓~~장 주세요.

大人 어른	小孩子 아이

~~在哪裡比賽？【出示地圖】
~~어디에서 해요?

預賽 예선	本賽 본선	16強賽 16강전
8強賽 8강전		決賽 결승전

世界盃足球賽象徵物 월드컵 마스코트		
ATO 아토	NIK 니크	KAZ 케즈

2002年世界盃足球賽 2002년 월드컵	韓日共同主辦 한일 공동개최

 上岩世界盃足球運動場 상암 월드컵 주경기장

開幕式 개막식	閉幕式 폐막식	國家代表選手 국가 대표선수

單元九 藥品急救

請問附近有~~嗎？
근처 에~~있 습 니 까?

醫院 병 원	藥局 약 국	眼鏡公司 안 경 점

可不可以帶我去醫院？
병 원에 데 려 다 주 실 수 있 으세요?

請叫救護車。
앰블런스 좀 불러 주세요.

醫院 병 원	急診室 응 급 실	內科 내 과
外科 외 과	婦產科 산 부 인 과	眼科 안 과
耳鼻喉科 이 비 인 후 과	泌尿科 비 뇨 기 과	皮膚科 피 부 과
牙科 치 과	小兒科 소 아 과	藥局 약 국

81

已經吃藥了嗎？→吃了/還沒
이미 약을 복용했나요? 예 / 아니요

請問哪裡痛？ 어디가 아프세요 ?	~~痛 ~~아파요.

單元九　藥品急救

頭 머리	眼睛 눈	鼻子 코	嘴巴 입	耳朵 귀
牙齒 이	舌頭 혀	脖子 목	喉嚨 목구멍	肩膀 어깨
胸 가슴	肋骨 갈비뼈	乳房 유방	胃 위	肚子 배

背 등		肌肉 근육
屁股 엉덩이		皮膚 피부
生殖器 생식기		骨頭 뼈
肛門 항문		手臂 팔

手肘 팔꿈치	手腕 손목	手 손	手指 손가락	手指甲 손톱
大腿 허벅지	膝蓋 무릎	小腿 종아리	腳腕 발목	腳 발

腳指甲 발톱	腳踝骨 복사뼈	腳趾 발가락	腳底 발바닥

82

嚴重 심하게	一點 약간	感冒 감기예요.	咳嗽 기침을 해요.

發燒 열이 나요.	流鼻水 콧물이 나요.	消化不良 소화가 안 돼요.
燒燙傷 데었어요.	割傷 베었어요.	拉肚子 설사해요.
便祕 변비예요.	不舒服 몸이 안 좋아요.	沒有食慾 식욕이 없어요.
全身無力 온몸에 힘이 없어요.	頭暈 어지러워요.	嘔吐 토해요.
骨折 골절이에요.	扭傷 삐었어요.	酸痛 쑤셔요.

單元九 藥品急救

請吃藥 약을 드세요.	請擦藥 약을 바르세요.

一天吃~~次 하루에~~번		每天一次 하루에 한 번
每天二次 하루에 두 번	每天三次 하루에 세 번	每天四次 하루에 네 번

食前 식전	食後 식후	就寢前 수면전

有會講中文的~~嗎？ 중국어를 할 수 있는 ~~가 있나요?	醫生 의사	護士 간호사	人 사람

我要~~來醫院嗎？ ~~병원에 와야 되나요?	每天 매일	隔一天 하루걸러
到痊癒 다 나을 때까지	我不用再來醫院嗎？ 병원에 그만 와도 되나요?	

問診 진찰하다	治療 치료하다	打針 주사를 놓다.
X光 엑스레이를 찍다.	住院 입원하다.	點滴 링게루를 맞다.
麻醉 마취하다	縫傷口 상처를 꿰매다	開刀 수술하다

可以使用海外保險嗎？ 해외 보험이 되나요？

請給我~~ ~~를 주세요.	診斷書 진단서	處方單 처방전
多長時間能治好 얼마나 돼야 다 낫나요？	~~天 ( )일	~~個月 ( )달

這個藥會不會引起副作用？ 약 부작용이 있나요？

我的血型是~~型 제 혈액형은 ~~형이에요.	A A	B B	O O	AB AB

請給我~~ ~~주세요.		頭痛藥 두통약
感冒藥 감기약	阿司匹靈藥片 아스피린	止痛藥 진통제
生理痛藥 생리 통약	暈車藥 멀미약	腸胃藥 위장약
眼藥水 안약	安眠藥 수면제	止瀉藥 설사약
便祕藥 변비약	維生素C 비타민 C	漱口劑 구강 청정제
食鹽水 식염수	體溫計 온도계	繃帶 붕대
OK繃 대일밴드	棉花棒 면봉	衛生棉 생리대
保險套 콘돔	牙膏 치약	牙刷 칫솔

NOTE

1.常用字詞

想~~ ~~고 싶어요.	不想~~ ~~기 싫어요.	請您~~ ~~으세요	請您不要~~ ~~지 마세요
會~~嗎? ~~할 수 있어요	不會~~嗎? 못 ~~?	會~~ ~~할 수 있어요	不會~~ 못 ~~.
可以~~嗎? ~~해도 돼요?	不可以~~嗎? ~~하면 안돼요?	可以~~ ~~해도 돼요	不可以~~ ~~하면 안돼요
(我、我們)要不要~~? ~~을까요?	(我、我們)不要~~ ~~지 말아요	請您幫我~~ ~~해 주세요	

還沒~~ 아직 안 ~~	已經 이미	一定 꼭	應該 마땅히
剛才 아까	現在 지금	稍後 이따가	前年 재작년
去年 작년	今年 올해	明年 내년	後年 후년
前天 그제	昨天 어제	今天 오늘	明天 내일

後天 모레	~~天以前 ~~일 전	~~天以後 ~~일 후	

吃 먹다	喝 마시다	玩 놀다	唱歌 노래하다
跳舞 춤추다	洗 씻다	洗澡 목욕하다	洗衣服 빨래하다
看 보다	聽 듣다	說 말하다	讀 읽다
寫 쓰다	走 걷다	跑 뛰다	念書 공부하다
工作 일하다	旅行 여행하다	運動 운동하다	打掃 청소하다
料理 요리하다	了解 이해하다	說明 설명하다	變成 되다
做 하다	想 생각하다	小心 조심하다	住 살다
故障 고장나다	壞掉（飲食） 상하다		使用 사용하다

相反詞

去 가다	來 오다	見面 만나다	分開 헤어지다
問 묻다	回答 대답하다	教 가르치다	學習 배우다
記得 기억하다	忘記 잊어버리다	進去 들어가다	出去 나가다
進去 나가다	進來 나오다	開始 시작하다	結束 끝나다
回去 돌아가다	回來 돌아오다	哭 울다	笑 웃다
給 주다	接受 받다	知道 알다	不知道 모르다
睡覺 자다	起床 일어나다	休息 쉬다	做事 일하다
打開（門、窗戶） 열다	關（門、窗戶） 닫다	打開（燈、開關） 켜다	關（燈、開關） 끄다
買 사다	賣 팔다	站 서다	坐 앉다
拿起 집다	放開 놓다	拿出來 꺼내다	放進去 넣다

去~~ ~~가요		來~~ ~~와요	
吃飯 밥 먹으러	逛街 쇼핑하러	兜風 바람 쐬러	跟朋友見面 친구 만나러
玩 놀러	工作 일하러	念書 공부하러	旅行 여행	爬山 등산

2.形容詞

我 저	這、那 (近距離)、那 (遠距離) 이 / 그 / 저	人、位 사람 / 분
男生、女生 남자 / 여자		男孩子、女孩子 남자아이 / 여자아이

非常 아주	有一點 조금	不 안
不太 별로 안		完全不 전혀 안

很好/不錯/很棒 좋아요	厲害/不簡單/了不起 대단해요	大、小 커요 / 작아요
多、少 많아요 / 적어요	貴、便宜 비싸요 / 싸요	重、輕 무거워요 / 가벼워요
強、弱 강해요 / 약해요	容易、困難 쉬워요 / 어려워요	好、不好 좋아요 / 나빠요

長、短 길어요/짧아요	遠、近 멀어요/가까워요	硬、軟 딱딱해요/부드러워요
胖、瘦 뚱뚱해요/말랐어요	老、年輕 늙었어요/젊어요	忙碌、空閒 바빠요/한가해요
熱、冷 더워요/추워요	溫暖、涼快 따뜻해요/시원해요	燙、冰 뜨거워요/차가워요
厚、薄 두꺼워요/얇아요	（顏色）濃、淡 진해요/옅어요	寬廣、狹窄 넓어요/좁아요

快、慢 빨라요/느려요	明亮、黑暗 밝아요/어두워요	強壯、脆弱 강해요/약해요	高、矮 높아요/낮아요

（個子）高、矮 커요/작아요	深、淺 깊어요/얕아요	粗、細 두꺼워요/가늘어요

容易、困難 쉬워요/어려워요	有趣、無聊 재미있어요/재미없어요
方便、不方便 편해요/불편해요	吵、安靜 시끄러워요/조용해요
喜歡、討厭 좋아해요/싫어해요	需要、不需要 필요해요/불필요해요
贊成、反對 찬성해요/반대해요	親切、不親切 친절해요/불친절해요
勤快、懶惰 부지런해요/게을러요	時髦、土 세련됐어요/촌스러워요

	幸福、不幸 행복해요/불행해요	快樂、悲傷 기뻐요/슬퍼요	美麗 아름다워요
漂亮 예뻐요	可愛 귀여워요	帥 잘 생겼어요	酷 멋있어요
活潑 활발해요	有名 유명해요	疲倦 피곤해요	無聊 심심해요
健康 건강해요	重要 중요해요	奇怪 이상해요	差不多 비슷해요

3.副詞

還 아직		已經 이미		一定 꼭
應該 마땅히	剛才 아까	現在 지금	稍後 이따가	

4.疑問詞

誰 누구		什麼時候 언제		在哪裡 어디에서
什麼 무엇	什麼 무슨	為什麼 왜	怎麼、如何 어떻게	
哪一個 어느	哪一種 어떤	多少 얼마	幾 몇	

通訊記錄

我住在 .... 飯店
저는 .... 호텔에 묵고 있습니다.

地址是 ....
주소는 .... 입니다.

請把~~寫在這裡。
~~여기에 써 주세요.

姓名 이름	
地址 주소	
電話號碼 전화번호	
手機號碼 핸드폰번호	
信箱（電子郵件） 메일주소	

我們保持聯絡吧！ 우리 서로 계속 연락하고 지내요.	· 有空的話來台灣玩。 시간 나면 대만에 놀러 오세요.

來台灣時請跟我聯絡。
대만에 오면 저한테 연락 주세요.

我會寄~~給你。 ~~부칠게요.	信 편지	照片 사진

這段期間真謝謝你了。
그동안 감사했습니다.

旅行攜帶物品備忘錄

		出發前	旅行中	回國時
重要度 A	護照（要影印）			
	簽證（有的國家不用）			
	飛機票（要影印）			
	現金（零錢也須準備）			
	信用卡			
	旅行支票			
	預防接種證明（有的國家不用）			
重要度 B	交通工具、旅館等的預約券			
	國際駕照（要影印）			
	海外旅行傷害保險證（要影印）			
	相片2張（萬一護照遺失時申請補發之用）			
	換穿衣物（以耐髒、易洗、快乾為主）			
	相機、底片、電池			
	預備錢包（請另外收藏）			
	計算機			
	地圖、時刻表、導遊書			
	辭典、會話書籍			
重要度 C	變壓器			
	筆記用具、筆記本等			
	常備醫藥、生理用品			
	裁縫用具			
	萬能工具刀			
	盥洗用具（洗臉、洗澡用具）			
	吹風機			
	紙袋、釘書機、橡皮筋			
	洗衣粉、晾衣夾			
	雨具			
	太陽眼鏡、帽子			
	隨身聽、小型收音機（可收聽當地資訊）			
	塑膠袋			

國家圖書館出版品預行編目資料

手指韓國 / 金美順著 --初版. --臺北市：商周出版：城邦文化發行，2002
[民91]
　　面；　　　公分. -- （旅行手指外文會話書：7）

ISBN 986-7892-13-5（平裝）

1. 觀光韓語 – 會話

804.788　　　　　　　　　　　　　　　　　　　　　　91000387

手指韓國

作　　　　者／金美順
校　　　　訂／孫善慧
總　編　輯／林宏濤
責 任 編 輯／黃淑貞、陳玟妮

發　行　人／何飛鵬
法 律 顧 問／中天國際法律事務所周奇杉律師
出　　　　版／商周出版
　　　　　　104台北市民生東路二段141號9樓
　　　　　　電話：(02) 25007008　　傳眞：(02) 25007759
　　　　　　e-mail:bwp.service@cite.com.tw
發　　　行／英屬蓋曼群島商家庭傳媒股份有限公司城邦分公司
聯 絡 地 址／104台北市民生東路二段141號2樓
　　　　　　讀者服務專線：0800-020-299
　　　　　　24小時傳眞服務：02-2517-0999
　　　　　　劃撥：1896600-4
　　　　　　戶名：英屬蓋曼群島商家庭傳媒股份有限公司城邦分公司
　　　　　　讀者服務信箱E-mail：cs@cite.com.tw
香港發行所／城邦（香港）出版集團有限公司
　　　　　　香港灣仔軒尼詩道235號 3樓
　　　　　　電話：(852) 25086231或 25086217　傳眞：(852) 2578 9337
馬新發行所／城邦(馬新)出版集團 Cite (M) Sdn. Bhd.
　　　　　　41, Jalan Radin Anum, Bandar Baru Sri Petaling, 57000
　　　　　　Kuala Lumpur, Malaysia. Email: cite@cite.com.my
　　　　　　電話：603-90578822　傳眞：90576622

封 面 設 計／斐類設計
內 文 設 計／紀健龍+王亞棻
打 字 排 版／極翔企業有限公司
印　　　刷／韋懋實業有限公司
總　經　銷／高見文化行銷股份有限公司
　　　　　　電話：(02)2668-9005 傳眞：(02)2668-9790 客服專線：0800-055-365

□ 2002年6月27日初版　　　　　　　　　　　　　　Printed in Taiwan.
□ 2014年6月24日二版11.5刷

售價／149元

廣　告　回　函
北區郵政管理登記證
北臺字第000791號
郵資已付，免貼郵票

104　台北市民生東路二段141號2樓

英屬蓋曼群島商家庭傳媒股份有限公司城邦分公司　收

- -

請沿虛線對摺，謝謝！

書號：BX8007X	書名：手指韓國	編碼：

商周出版

讀者回函卡

不定期好禮相贈！
立即加入：商周出版
Facebook 粉絲團

感謝您購買我們出版的書籍！請費心填寫此回函卡，我們將不定期寄上城邦集團最新的出版訊息。

姓名：＿＿＿＿＿＿＿＿＿＿＿＿＿＿＿＿＿＿ 性別：□男 □女

生日：西元＿＿＿＿＿＿年＿＿＿＿＿月＿＿＿＿＿日

地址：＿＿＿＿＿＿＿＿＿＿＿＿＿＿＿＿＿＿＿＿＿＿

聯絡電話：＿＿＿＿＿＿＿＿＿ 傳真：＿＿＿＿＿＿＿＿

E-mail：＿＿＿＿＿＿＿＿＿＿＿＿＿＿＿＿＿＿＿＿＿

學歷：□ 1. 小學 □ 2. 國中 □ 3. 高中 □ 4. 大學 □ 5. 研究所以上

職業：□ 1. 學生 □ 2. 軍公教 □ 3. 服務 □ 4. 金融 □ 5. 製造 □ 6. 資訊

　　　□ 7. 傳播 □ 8. 自由業 □ 9. 農漁牧 □ 10. 家管 □ 11. 退休

　　　□ 12. 其他＿＿＿＿＿＿＿＿＿＿＿＿＿＿＿＿＿＿＿＿

您從何種方式得知本書消息？

　　　□ 1. 書店 □ 2. 網路 □ 3. 報紙 □ 4. 雜誌 □ 5. 廣播 □ 6. 電視

　　　□ 7. 親友推薦 □ 8. 其他＿＿＿＿＿＿＿＿＿＿＿＿＿＿

您通常以何種方式購書？

　　　□ 1. 書店 □ 2. 網路 □ 3. 傳真訂購 □ 4. 郵局劃撥 □ 5. 其他＿＿＿

您喜歡閱讀那些類別的書籍？

　　　□ 1. 財經商業 □ 2. 自然科學 □ 3. 歷史 □ 4. 法律 □ 5. 文學

　　　□ 6. 休閒旅遊 □ 7. 小說 □ 8. 人物傳記 □ 9. 生活、勵志 □ 10. 其他

對我們的建議：＿＿＿＿＿＿＿＿＿＿＿＿＿＿＿＿＿＿＿＿＿＿

＿＿＿＿＿＿＿＿＿＿＿＿＿＿＿＿＿＿＿＿＿＿＿＿＿＿＿＿

＿＿＿＿＿＿＿＿＿＿＿＿＿＿＿＿＿＿＿＿＿＿＿＿＿＿＿＿